歌集

新世紀

波 克彦

SHINSEIKI

Katsuhiko Nami

角川書店

新世紀*目次

装幀　倉本　修

歌集　新世紀

波　克彦

平成十三年（二〇〇一年）

新世紀

いづこにも泡立草の黄の花が咲き満ちてをり伊勢に入る道

新しき世紀に入りし感慨の無く三箇日たちまちに過ぐ

コンピユータウイルス来れば駆除指令直ちに発し事無きを得つ

休日のオフイスに響く祭礼の太鼓の音をしばし聞きゐつ

蠟梅

朝より人の出でゐる声聞こゆ家前の坂雪を搔くらし

大寒の夜すがら雪の降りし朝蠟梅すでに乾き咲きゐる

休日の執務室より眼下の神社に節分の豆撒くが見ゆ

街灯の淡き光に蠟梅の咲き満つる花白々と見ゆ

雪の多き年と思へど節分を過ぎて昼の日背に暖かし

寒気

戻りたる強き寒気に三月の朝の光が挑むごと差す

最終講義を聴くため訪ひし大学の階段教室冷え極まりぬ

ノーベル賞受賞を祝ひヒーガー教授夫妻と夕餉を共にし語る

運命を悟りゐるらん老犬が路傍の小屋につね
に寝てゐる

かたくりの花

勤務する部屋の窓外近々と高層ビルの成り行
くが見ゆ
咲き満つる水芭蕉にも大小のありて水漬ける
ところ勢ふ

紅のかたくりの花咲く原に変種の二輪白き花立つ

山峡の杉生に聴くは激つ瀬の音のみにして日の高くなる

就職のため面接に出でて行く娘常ある姿にあらず

合併式

新しき部員七人迎ふべき朝にて向ふ街空しづか

満開の桜に冷たき雨の降る朝にて合併の式が始まる

易からぬ未来思はせ冷雨降る新会社発足の式始まれば

新会社発足式を終へしわれら古き名刺にて挨拶交はす

合併をする人々の荷が届く桜花に冷たき雨の降る午後

新しき部員となりし技術者と懇親の宴深まり行くも

習慣の異なりをればわが部署に合流せし人ら肩身狭からん

ロシア

モスクワを占領せんとナポレオンが立ちし丘見ゆ薄日差しつつ

ナポレオンが大火に学び造りたる大路のつづく街を分ちて

秋の日といへども暑き太陽が戦没者墓地に容赦なく照る

わが来るペルミの街にななかまど赤き実午後の日に映えてゐる

寒々と風吹く赤の広場には屋台並びてマトリ
ヨーシカ売る

モスクワを発ちて帰らんわが機内西日の強く
差しつつ移る

テロ

摩天楼の象徴のビル崩れゆく文明社会の末路
見るごと

炭疽菌狂牛病と飛行機の突入テロの行末何か

機内食のフォークとナイフテロの後プラスチックになりたるあはれ

殺戮

パレスチナとイスラエルとが殺戮を応酬しをりて行末見えず

自爆テロののち四箇月空港のラウンジ人のい
まだ少なし

アフガンの街には春の遠からん爆撃に崩れ地《な》
震《ゐ》に崩れて

グアム島

午後の日に水面きらめきそむる頃海より帰り
床に横たふ

環礁に沿ひて白波移る見えグアムの浜辺に時を逝かしむ

休息を得んとして来しグアム島のジャングルに暑き日の照る悲し

長男泰典結婚（平成十三年九月二十九日）

平安神社を訪ひゐる異国の旅人がわが子の結婚写真撮りゐる

長男の結婚式を終へ帰る新しき世代に入りし思ひに

長男の結婚式を終へしのち妻やや安定を欠きゐるあはれ

友

後進に譲ると言ひて職退かん人を思へば歳晩寒し

金曜の夜と年の瀬重なりて銀座の街に人波続く

学長となりたる友と歳晩の銀座を歩む心楽しく

残日の少くなりし年の暮日本経済いつ立ち直る

関ケ原に近づきしころ遠山に激しく雪の降りゐるが見ゆ

一年も早や終らんに仕事納の後も海外にファ
クシミリ送る

平成十四年（二〇〇二年）

ロサンゼルス

幾度も来しロサンゼルス空港の間近となれば
わびしさのわく

空港に近づき旋回のはじまれば機内を朝日鋭
く移る

一日の交渉事のためロサンゼルス空港に来て
ホテルに籠る

交渉の決裂したれば帰国する機内にひとり
早々と寝る

花粉症

とにかくに疲れ癒すと杉多き箱根に花粉症の
わが来て過ごす

薄の原焼かれ黒《くろ》土《つち》あらはなる仙石原に寒き雨降る

国民病となりし花粉症わが身にも及び三十年永く苦しむ

花粉症に悩みゐるわれ外気断つ一つビル内にやすけく籠る

花粉症のマスクする人行き交へば同胞のごとあはれむわれは

花粉症ゆゑ眼の痒し取り出だし洗浄したくただ思ふまで

三十年の花粉症にて年々の春幻のごとく過ごしき

初出勤

風強き三月の午後行く道を照らす日差にはや力あり

雨晴れし朝にて初めて出勤の娘眼差強く出でゆく

朝々の車窓を透きてくる日差強くなりたり額に熱く

常連となりゐし床屋が忽然と店閉めをればわれは佇む

岡崎の国際会議場砂道に歩みを止めて鶯をきく

夕立のあがりてゆふべ暗みくる蛍間近に群れて飛びつつ

ビルの谺

日曜の午後晴れしかど執務室にひとり働けば外音寂し

休日に執務しをればビルごとに花火の音のこだまがかへる

汐留のビルに烈しく谺して東京湾に花火のあがる

上りたる花火見えねどビル間に爆撃に似る音がとどろく

夏は暑く冬は寒きが経済に良しとしいへど今夏は寒し

幾年かリストラなどのつづきしが景気回復捗捗しからず

夏の日の淡く差す日の多ければあらかじめ凶作をわれさへ恐る

早々と夏過ぎしごと終戦の日に寒々と雨降りしきる

プラハ

赤き屋根の家美しく並びゐるプラハ郊外空より下る

高空に見れば洪水の跡もなくライン河静かに曲り連なる

川沿の低き街路はいづこにも洪水の跡痛ましく見ゆ

百年に一回といふ大洪水ダム放流の人災とぞいふ

洪水を忘れしごとくカレル橋に人あふれつつ秋日あまねし

濁りたるモルダウ川を眼下に見つつ古城の路
を朝行く

ヴルタヴァ川の洪水去りて濁る水緩かにして
秋の日を浴ぶ

フィンランドの上空行けば白雲の上に灰色の
冬雲のあり

わが荷物乗り継ぎの機に移されず一夜抜殻の
ごとくに宿る

欧州より帰りし後の数日は時差にて生あくびしつつ勤むる

初孫

三戸の辺の林檎畑には赤き実照りて午の日高し

長男に男児誕生の知らせあれど午後三時業務止むことの無し

わが孫の誕生聞けど知的財産守る業務は深夜に及ぶ

北京Ⅰ

長城の高壁の外あらはなる岩を囲みて紅葉つつまし

晩秋の冷たき風の吹く朝長城の道しばらく歩む

はるかまで長城築きし古への数知れぬ人等如何に生きしか

望楼に立てば遠山かすみゐて冬の来向ふ長城わびし

ミユンヘンⅠ

クリスマス近き朝にて市のたつマリエンプラツツ広場をよぎる

聖歌隊の歌声近く聞こえ来るマリエンプラッツに人の群れつつ

イザール川の河原に白く雪光り正午の鐘がひとき響く

慌しき四泊のドイツ出張を終へて師走の空帰り来る

生れしより五十日なる嬰児は清しき眼をわれに向けゐる

みどり児は瞬きもせず祖父われを見つめゐる
まま腕に抱かる

平成十五年（二〇〇三年）

シカゴⅠ

子と孫の帰り行きたる元日の夜半深々と霧立ちこむる

ミシガン湖の岸近き面氷り初め朝の光の反照にぶし

高層のわが部屋に見るミシガン湖朝にて水平線のくきやか

水平線まで遮るものの全く無きミシガン湖水が重厚に見ゆ

交渉の纏りしゆゑみづからに祝ひシカゴにてシンフオニー聴く

六十八階のレストランにて晩餐をしをれば窓外雲の流るる

厳冬の白き大地が思ふまま見ゆるカナダの空帰りゆく

ミュンヘンⅡ

欧州に飛ぶ機内にて一切の記憶なきまま七時間眠る

グーテンベルクの印刷機等楽しくも見巡る業余ドイツに居りて

幸の予感のありてミュンヘンのホテルに電子
メールを開く

ミュンヘンの高空円き月出でてわが帰国せん
飛行機上る

寒き日

退院をしたる老母見舞へれば今夏寒しと長く
臥しゐる

寒き日々つづく八月の休日に窓を閉ざして日すがら籠る

したたかに雨の降りたる川原は濁りし水に秋の風吹く

二階家の屋根に登りてアンテナを直せば近き家並親し

鮮やかに立つ冬の虹家並にかかりて列車とともに移らふ

ひとところ光の照れば白き波闇の中走るごとく寄せくる

山峡

湯煙の色変りつつ山峡の空明るみて朝日照り出づ

ゆくりなく訪ねわが来し山深き臼杵の村にかぼす畑あり

山峡の狭き道辺に廃屋のありて秋の日愁なく照る

わが生家思はしむる古き家の裏歩み懐しく木洩日を受く

米国東部

テロのあと二年経ちたるニューヨーク五番街には秋日あまねし

セントパトリック教会の中に憩へれば天井に
午後の秋の日及ぶ

高々と緑の樹林つづく道バージニアの秋こと
さら清し

休日のワシントンにて食の祭典に集ひし人ら
道に溢るる

南ドイツ

早や凍りつきたる内海眼下に見えてハバロフスク上空を行く

わが走るアウトバーンが森に入りゆくとき木の香車を覆ふ

ヴエルサイユ宮殿模ししキームゼー宮殿幻のごとくにし立つ

五車線の道休日の朝行くは易く国際空港に着く

秋

おもむろに冬雲厚くなりてゆく休日の午後窓外見をれば

秋分の夜半窓外の坂道に虫の音人の往く音のあり

秋の夜半ひとりし居りて開け放ちたる窓外に鶏鳴を聞く

常ならぬ落葉散り敷く朝の道今年の秋の定まり難し

平成十六年（二〇〇四年）

カリフォルニア州デイビス（久保日出夫逝く）

心臓移植成功したるに脳血管破れて友は急逝せしとぞ

とりもあへず種々の会議を外し来て学友追悼の式に旅立つ

米国人の妻と二人の娘残しわが古き友異国にて逝く

四十二年親しみし友悼む式に遺族と共にわれ参列す

追悼式終へし夜夫人と主無き家に戻れば家内寒し

還暦

冬なれば湿度の低く通勤の車中に新聞を繰る音硬し

休日に出勤したる室内は部員とわが打つパソコンの音

生を受け六十年か朝起きて休日なれば心静けし

ブレンデルのピアノ演奏にひとときの休息を得つ休日なれば

米沢の大学宿舎夜更けて雪明りする窓に親しむ

還暦を祝ふと子等と相集ひ箱根の宿に過去思ふ

ミユンヘンⅢ・ハノーバー

畳なはるシベリアの山淡き雪積りて眼下の斜陽に光る

午後の日を反して処々に屋根光る家並見ゆる
ドイツ上空

たは易く時速二百キロの速さにてわが乗る車
アウトバーン行く

北京Ⅱ

成田空港に近き高空わが行けば唐突に揺れ稲
妻光る

梅雨曇る成田より来て三十六度の暑き北京に
体戸惑ふ

ただ広き北京植物園歩みゆく三十六度の暑き
真昼に

天安門に続く長安大通り朝自転車の隊列長し

神島

神島に渡らん船の賑ひて秋の朝日が暖かく照る

船内に人あふれゐて朝の日とともに神島に運ばれて行く

外洋に移る頃より船の揺れ上下となりて神島近し

くきやかに秋の日及びかつて師が讃へし伊良湖水道が見ゆ

女坂より見る水道は白浪のところどころにたち風寒し

手の届くところに浅黄斑舞ひ友とわれ夢のごとくに遊ぶ

師の歌碑に秋日まばらに光りつつ冷たき海風吹き過ぎてゆく

神島を離りて進む海なかに白浪荒くわが船を打つ

宇治橋

宇治橋に立てば川岸の向うには紅葉ふかき神
路山見ゆ

五十鈴川に沿ひて歩めば晩秋の冷えし朝にて
瀬音さやけし

内宮の神楽殿にておごそかに巫女舞ひ神楽の
響くひととき

老いたる母

盂蘭盆に帰りし生家老母が点滴を受け横たはりゐつ

明日入院とならん老母夜遅く身辺の品みづから整ふ

十九年独り住みゐし母つひに入院のため家を出でゆく

いつまでと定めなきまま入院の手続をする老母のため

古里の病院に老いし母を置き来たれば寂しほとほと悲し

独り居の母の入院せし生家われは見廻り門扉を閉ざす

七日間四か国の旅

台風の外れし午すぎロンドンに向けてわが機は成田飛び立つ

社会主義も資本主義も係りのなく眼下に農村が見ゆ

戦に明け暮れし人の性思ふヴェルサイユ宮殿の回廊の絵に

ヴエルサイユ宮殿の広き運河には傾きし日が
暖かく照る

街路樹の葉は落ち初めて曇りゐるパリの鋪道
の石踏みて行く

バーゼルの宿にてひとり夕食を食めば窓外は
やも暮れゆく

ソウル

河口には逆白波の立ちをりて朝の香鈍し空曇る中

ソウルタワーに登れば漢江に沿ふ車道赤きテールランプの続く

仁寺洞の狭き街並人群れて皆懐しき思ひにて行く

日々

人住まぬ生家に入りて妻とわれ常ならざれば落ち着き難し

おぞましき電車の事故の現場にてカメラマン乗るクレーン多し

寒暖に係りて体調変りつつ通勤の日々忙しく過ぐ

休日に出勤したる七階の窓外桜吹雪がかがやく

企業人なるわが三分の一の生係る知的財産業務忙しく

体調の恢復図るとゴルフ場に一日すごす緑美し

老人保健施設に母を見舞へれば母生き生きと振るまひてをり

平成十七年（二〇〇五年）

ミュンヘンⅣ

肩を痛めしゆゑ最少の荷を持ちてドイツ出張
の旅に出で来つ

満月が雪原に照るミュンヘンの郊外高速道を
わが行く

暖かき室内に一日会議して出でしミユンヘンの街凍りをり

雲海に冬の日は照りまぶしきにわが飛行機はパリにし向ふ

パリI

ところどころ陥没したる雲海の見えつつパリに近づきてゆく

雲海の下に雲海その下にさらに雲海パリ近き空

乗り換へのいとまラウンジに憩へれば手肩の痛みことさら感ず

薬にて痛み抑へつつ欧州の短き出張今終へんとす

ミュンヘンV

忙しく業務をすれば欧州に向ふ機内に心身憩ふ

ミュンヘンの郊外行けば菜の花の黄に咲き満ちて大地華やぐ

午後九時を過ぎてやうやくミュンヘンの西空に円き太陽沈む

サンクトペテルブルグ

マーブルホールと呼ぶ宮殿の一室に国際会議始まらんとす

方形の池の向うにフインランド湾見え波の輝くが見ゆ

緯度高きサンクトペテルブルグにて午後十一時日が沈みゆく

フィンランド湾にて海と空青くはつかに白き
雲のただよふ

デュッセルドルフI

頂にいまだに白き雪残るハバロフスクの上空
を行く

出張の機内にパソコン打ちつづく日々の業務
の延長にして

特許訴訟の口頭審理が今まさに始まらんとす
ドイツ地裁に

二月前会ひし被告の弁護士に再び会ひて審理
始まる

快晴のデユッセルドルフ初秋にて裁判終へて
スイスに向ふ

バーゼル

デユッセルドルフに見しライン河上流のスイスバーゼルに今日もまた見る

青木原のごとくに広き黒き森眼下に見ゆバーゼル近く

夏山のスイスアルプスいただきに雪と白雲光りつつ見ゆ

バーゼルの宿に朝食独り食ひグループホームに入りし母思ふ

あてもなく市電に乗りてバーゼルの街並を見る仕事を終へて

ライン河に沿ふ教会の鐘の音十五分激しく打たれてひびく

バーゼルの街に出づればゆくりなく人満ち音楽祭の始まる

夏の休暇終へ帰国する人々に混りて出張終へ
帰り来る

アリゾナ・サンフランシスコⅠ

地球の生れしままの姿に荒野ありアリゾナを
わが空より見れば

アリゾナに雨水の筋のごときもの天地創造の
跡見るごとし

アリゾナの川蛇行して下流ほど幅の狭まる灌漑のため

白雲の切れたる隙に金門橋の赤き二つの塔が見えゐる

ミユンヘンⅥ

ミユンヘンの朝七時東京午後三時常のごと社員と電子メールす

おもむろに霧はれゆきてミュンヘンの街路に樹氷が白く輝く

クリスマス近き休日雨降れど人群れつづくマリエンプラッツ

寒冷前線の通過する中重々しき雲つきぬけてわが機下りゆく

部をあづかり最後の海外出張が今し終らん成田空港

退任

新冬の朝静かに日の照りて社長より内示今受けんとす

退任の内示を受けて社長室を辞して歩めば足音響く

責任と権限の呪縛放たるる退任の日を指折りて待つ

平成十八年（二〇〇六年）

顧問

顧問の職となりしが社外活動に勤しむわれは日々に忙し

ライセンス世界大会の運営に係れば昼夜暇なく過ぐ

国際会議の講演資料の締切日迫りてひと日パソコンを打つ

澱のごと溜りし書類片付くるいとまなく三月忽ちに過ぐ

わが性

管理業務を離れし後もいとまなく国内外の役に係る

米国韓国独逸の人と係りて深夜に電子メール
を交す

日々長くパソコン画面を見る仕事続きて視力
の極端に落つ

わが性と言はば言はんか日々業務忙しくして
はや三月過ぐ

老母

われが遠く住むゆゑ老母入院の後も親類縁者に頼る

幾つかの病のあれば養生と治療のために母入院す

あちこちに不在の挨拶行ひて生家の門を閉ぢて出で来つ

病室に横たはる母とりあへず安堵してゐるごとくに見ゆる

緊急にペースメーカー着けし母親族同胞《うから》次々見舞ふ

大分

大潮の大野川河口水深く退きて甲蟹泥の中に見ゆ

榧と銀杏の古りし木の枝交叉する下にし居れば木漏日清し

国東塔といふ石塔の畔に立つ田染の荘に野分吹くらし

椎の山と言はばいはんか盛り上り盛り上り見ゆ白花咲きて

高き石段昇りてくればしづかにて真木大堂に樟の木茂る

戦乱を経て悠久の富貴寺や美しき堂風浴びて立つ

ハーモニーランドといひて山間に洋風の建物
建つは悲しも

区画整理されやや高き墓地に来て各来進氏の
墓に詣づる

デユツセルドルフⅡ

デユツセルドルフの街を分かちてライン河午
後の光に白々と見ゆ

新潟の上空早朝戻りくるときにて川の光移らふ

西安

蜀黍の広畑つづく西安の郊外の道妻とわが行く

高速道の中にて農民が籠盛に石榴を売れば買ふ人のあり

発掘されし俑の隊列いにしへの権力の形保ちて並ぶ

西安の夕暮れ広き車道には車と自転車規律なく行く

西安の郊外行けば石榴の実あまた熟れゐる農園の見ゆ

一瞬の車の流れ止れるを待つや待たずや自転車渡る

西安の広き城壁眼下に内堀の見ゆ草木茂りて

鳴沙山

われら四人隊列成して砂山を駱駝に乗りて揺られつつ登る

西日受けわれ等の隊列くきやかに影を映して砂山を行く

温かき駱駝の瘤に触れながら鳴沙山上れば砂吹きつくる

三百六十度見渡す限り砂原と砂山にして鳴沙山あり

客待ちの駱駝多くは足折りて坐れど腹見せ横たはるもあり

砂山に吹く風強く木組なる危ふき階段這ひつつ登る

鳴沙山の切り立つ稜線風強くわれら戦き腰低く立つ

月明りする砂山を童謡のごとく駱駝に乗りてわが行く

月牙泉の背向に高き砂山のうへ耿々と半月の照る

草木無き戈壁《ごび》の荒地にいにしへの狼煙台あり陽関ここは

莫高窟

いにしへの篤き信仰思はせて莫高窟がわが前にあり

莫高窟に沿ひて柏楊樹とぞいふポプラの木々に白き葉そよぐ

八達嶺あたりより見え長城は高低をもち遠く続ける

マイアミ・ニューヨーク

マイアミの公園行けばゆくりなくドイツより来し友に見ゆる

マイアミの夕日の高き公園にホームレス椰子の木下に眠る

マイアミのカフェにてドイツより来る友と語れば空暗みゆく

生暖き夕風の中マイアミ湾の対岸の灯が遠くきらめく

出帆の前のエンジンの音高し水面にヨットの白き影揺れ

夥しき数のヨットがなべて帆をたたみてマストの林静まる

再びは来ること無けんマイアミの海辺が遠く宿より見ゆる

数時間前夏の日のマイアミを発ち雪の積むワシントンに着く

マンハッタンの高きより見え交差点に朝日一条強く差しゐる

タイムズスクエアの電光映像夜を徹し光り輝くわが窓下に

湿原

鉛直に揃ひし麦の青き畑山の若葉に融け合ひて見ゆ

沼ツ原湿原行けば高木にて子を抱く猿するどく鳴ける

冬の朝雨降り出でて車窓より末枯れ潤ふ上総の原は

厳しからん冬思はせて梅雨曇る線路の傍に緑野の続く

岸壁を離れし船が梅雨曇る鈍き水面を緩やかに行く

雲一つなく晴るる朝三十五年の常勤終へるわれ出勤す

平成十九年（二〇〇七年）

チユーリツヒ・ザンクトガレン

教会の白き双塔に高き日の照り時を告ぐ鐘の音ふたつ

中世の姿のままにをちこちの教会の鐘一斉に鳴る

リギ山に登れば遠く全周の山並はるか霞みつ
つ見ゆ

リマト川の水面にゆるく渦まきて夏の夕べは
長く明るし

リマト川暑き夏の日満ちみちて白鳥番ひて下
りゆく見ゆ

川沿に走る路面電車あり水面の光強く及びて

チユーリツヒ湖上に遠きアルプスの雪はだらなる山並の見ゆ

再びの夕食会のレセプション二本のアルプホルンが迎ふ

ザンクトガレン古き教会に入り来れば高窓に鈍く午の日のあり

氷河特急

貸切のごとく人居ぬ氷河特急に乗りてランド
ヴアツサー橋ゆく

サンモリツツのドルフより見れば湖のそがひ
に高々とアルプスの見ゆ

高山のつづく峠をわが乗れるアプト式電車の
軋みつつ行く

山腹に草食む牛のカウベルの音聞こゆ氷河特
急の窓開け行けば

アンデルマットに近き湖夏の雪消残りゐる霧移りつつ

アルペンローゼ咲き満つ野山続きつつ氷河特急今下りゆく

九百米の高さ一息に下りゆく列車にありて耳に圧あり

乳白の川に沿ひつつ下りゆく水中魚の居るやと問はん

アレッチ氷河

泰然と流るる大き氷河ありエッギスホルンの
いただきの下

眼下のアレッチ氷河の背向なる山々に低き風
音渡る

雲の間にメンヒ、ユングフラウとアイガーが
見ゆアレッチ氷河の上流遠く

谷を吹く風間断の無き抑揚をもち渡りくる氷河の上を

足下に雪積む石に座り見る氷河より吹く風に耳冷え

夏の日といへど氷河に吹く風の冷たきものか耳差すごとく

万年にわたりアルプス高山の裾削りつつ氷河の下る

マッターホルン

横ざまに夕日の差せばうす赤き色なしマッターホルンそばだつ

乳白の水流れゐる川の橋より空高々とマッターホルン見ゆ

やうやくに暮れし夜空に月あればマッターホルンが黒く聳ゆる

アルプスの山吹く遠き風の音リッツフエルベルクの湖畔に聞こゆ

リッツフエル湖風吹き止みてさかさ山水面に映る休みて見れば

切り立ちし山登りゆく人と人互に大き声にて呼ばふ

夏山といへど冷たき風の吹くリッツフエルベルク日差しの強し

山道に常声高く行く人のありそのイタリア語
山野にひびく

草木無き岩山に吹く風の音遠々に低く絶ゆる
ことなし

源流

雪と氷河の水をあつめて水嵩の増せるライン
河の上流激し

高山の襞ことごとく滝ありてライン河源流となりて流れる

幾百の源流ならん高山の襞ごと細き滝流れ落つ

ローヌ川源流あたり霧満ちて汽笛鳴らして駅に入りゆく

ライン河の源流ふたつまじはりて激つ流れに沿ひてわが行く

小樽

駅を通過するたび汽笛鳴らしつつ札幌に向け快速走る

週末と思へぬまでの静けさに小樽ヨットハーバーの見ゆ

天狗山に見れば曇れる夏の午後十四万人都市小樽の寂し

変革

九年間われに仕へてくれし人転勤となり朝に
は見えず

変革と言ひて施策の変りゆく三月経しのみに
変化の速し

会合を終へ日暮れんとする庭に雨の降る中蛍
輝く

不老不死温泉

湯につかり肌に夕風受けてをりからだ休めん旅にしありて

烏賊釣の漁火煌々と黒き海に光りて岩に寄る波の音

満月の高くなりゆく海面にかそけき波の皺見え初むる

窓を開け暗き海にてとどろける波音を聞く不老不死温泉宿に

烏賊釣船の強き白光をちこちに止り光る夜の更けつつ

峠より見下しをれば大平湖風の吹きつつ皺波光る

満月と満天の星光りつつ風力発電の羽根廻る音

遮るものの無き暗き海天空に満つる月あり波の静寂

すみやかに廻る風力発電の風車を時折ライトが照らす

渡米・第二の職

アメリカに住むと借りたるアパートは部屋真白にて中庭の見ゆ

年若き気持にて独り米国に来て法律の事務所に勤む

オフィスより留守宅に国際電話して声に安否を確かめてゐる

バージニアの行く道美しくもみぢして休日独りわがバスの行く

バージニアに来てひと月余寒暖のこもごもにして秋深みゆく

とりたてて買ふべきものの無きままに休日一人外出をする

住宅街の木は美しく冬を待つ人影もなき秋日に照りて

道に沿ひ清き水にて平らけき川あり白き水鳥遊び

平成二十年（二〇〇八年）

アレクサンドリアⅠ

震災より十三年か黙禱のニュース米国のわれ
首垂る

大統領予備選挙にてテレビより国を分かちて
ゐる様伝ふ

投票権を持たざるわれに係りの無けれど予備選挙激戦となる

独り住むアパートの夜持ち来る孫の手とふ用具ときに役立つ

突発性難聴と診断されしまま翌朝ワシントンに向かひ飛び立つ

デイライト・セービングタイムといへど三月の半ば夜明の遅きを思ふ

異国にて見るＮＨＫニュースにて連日のおぞましき殺人伝ふ

イラク派兵の四千人は死者といふ伝ふるテレビに大統領選思ふ

変化変化と共に言ひつつヒラリーとオバマは競ふ予備選挙にて

幼稚園児の孫のたのめなき字の葉書遠くアレクサンドリアに今朝届きたり

希望といふ施設を宇宙ステーションにとりつける様テレビに見入る

東京ははやばや桜の満開とぞここワシントンの桜はいかに

ライン河

ケーニヒスビンターホテルにてセミナーの講演をするドイツの人らに

国際水路なればライン河行く船は国旗を掲げしげく行き交ふ

対岸はかつて首都なりしボンにてラインの河は静かに流る

さはやかに風の入りきてわが部屋に近きライン河みづの豊けし

はるばると大西洋に流れゆく河と思へず流れは遅し

一秒に一米は流るるかラインの河を貨物船ゆく

水満つるライン河航く遊覧船漂ふごとく遡及し始む

イゼンブルツク夫妻に依りてラインガウ地域を一日車にて訪ふ

山道を行けば木立を透きて見ゆ女性称ふるゲルマニアモニユメント

狭き道曲り下りて眼交に昼の日の照るライン
河見ゆ

河の中の処どころにブイありて底の浅きを船
に伝ふる

丘の上のレストランにて寛げばライン河見え
古き城見ゆ

ドナウ河の正しき発音ドーナツのドーナウと
わがドイツにて聞く

母

一時帰国し疲れ癒さんと来てゐたる宿にし母の訃報が届く

危篤といふ報らせ無きまま母の逝くはらから一人も看取ることなく

あかつきの新幹線にてわが着けば病室に母既に冷たき

かつて見しことの無きまで安らけき顔にて亡き母さながら眠る

眼開け今に起きんかと思ふまで亡き母の顔かすかに笑まふ

カテーテル治療に堪へし母思ふ今や痛みの無けんわが母

四日前に見舞ひ喜びくれし母唐突に独り病院に逝く

食ぶること患者の務めと病む母に諭しきは四日前にありしか

ひと月後に帰国し再び会ふことを言ひて別れき最期の言葉

二時間前まで看取りゐし姉と妹母の側離れしことただ悔やむ

亡き母の歌集をあらため読み居ればに熱き思ひにわれはをののく

十八のわが上京を若き母永久の別れと詠ひ残せり

ドイツより一時日本に立ち寄りて母見舞ひしを慰めとする

この家に戻りし母の亡骸を迎ふるごとく蛙しき鳴く

母の遺影抱きわが乗る霊柩車向ふはたてに夕日はまどか

機械的に棺は入りて火葬炉の扉が閉まる人ははかなし

熱き熱き御骨を拾ふわが孫の小さき眼にも悲しみの見ゆ

空港より電話掛くるを常とせし母亡き空白もちて旅立つ

帰国するたびに成田より電話にて無事伝へゐし母今やなし

常祈りくれゐし母はいまは亡く寂しき空と思ひ飛びゆく

寂しさはいよいよ募り米国に向ふ機内にわが身は虚ろ

母逝きてのちアメリカに戻りゆくわが新しき生と思ひて

母は亡し母は亡しとぞ諦めてシカゴに向ふ機内に眠る

機内にて眠りより覚め母の亡きこと思ひ出づ
寂しきものを

国際会議のために着きたるシカゴにて亡き母
悼むごとく雨降る

無線にて結ばるるごと母とわれありしにつひ
に独り漂ふ

母のなきわが戻りたるアレクサンドリア夜半
の遠空雷鳴り渡る

常離り住みゐしゆゑか母逝きし実感あはく日々の過ぎゆく

幾たびも母亡きことを繰り返し自らに言ひひとり飯食ふ

母の勧めに依りて始めしわが作歌今にし続く宝のごとし

コツツウオルズ

ロンドンよりレンタカーにて高速路左側通行なれば安けし

バイブリーの村を流るる清き川鴨と白鳥安けく泳ぐ

おとぎの国さながらにして萱葺の丸屋根の家今も人住む

石造の家と塀とが静まりてコッツウオルズ行く人の無し

マナハウスの朝にて妻と前庭を歩めば清き小川に至る

古代より平原にあるストーンヘンジ曇りて寒き秋の風受く

ロンドンの中華街にて妻とわれ夕食をする今日の喜び

赤と白の制服纏ひ騎馬兵の隊列が来るモールの道を

ブルージユなど

古き教会会場となり国際会議今始らんとす厳かにして

ブルージユの運河を舟に回遊しひととき寒く時雨を受けつ

水面が目線に近く窓外に見えつつ秋の運河を進む

古くよりの四角き広場囲みゐるギルドハウスに高き日の差す

シエーンブルン宮殿に夕べ雨の降る中コンサートの会場に行く

アレクサンドリアⅡ

アレクサンドリアオールドタウンに秋の日の差しゐて妻とつれづれ歩む

米国にきて二年目の秋となり日の暮れ日々に早くなりたり

アレクサンドリアの独り居の朝テレビより懐しき日本のメロデイ流る

歳晩に一時帰国する機内より房総沖の白き波見ゆ

帰国せし夜更け寝んに静寂を破り鴉が鳴きつつ飛べり

ミュンヘンⅦ

歳晩のフィラデルフィアの空港にをれば赤々
夕日の沈む

雲海の上に並み立つアルプスに横ざまに朝の
日が差し初むる

淡き雪積みたるミュンヘン空港に着陸せし時
朝日出でくる

三日間の短き旅ゆゑスーツケース持たずミユンヘン空港に来つ

ミユンヘンの宿にて夜半覚めをれば温度差のため壁軋む音

クリスマス前の休日新宿のごとく混み合ふマリエンプラッツは

レジデンツの内庭にクリスマス市の立ち人溢れゐる落日はやく

平成二十一年（二〇〇九年）

オバマ大統領

イエス・ウイ・キャンにて選ばれし大統領オバマ就任に何を言はん

大統領就任演説始まりて二百万人の群衆静まる

けたたましき歓声浴びて新しき大統領の車は進む

四つの隅をボディガードが囲みゐて大統領車は歩むごと行く

ペンシルバニア通りの半ば大統領夫妻が車を降りて歩めり

オバマ新大統領は国内外の人民の自由を高らかに言ふ

恐慌の中新しき大統領にせがむごと群衆の歓声つづく

ワシントンに近く住まへど大群衆を恐れテレビに式典を見る

チエンジといふ言葉に国民の期するもの凝縮し国家再生始まる

帰国・東京事務所

アメリカの暁に覚めＮＨＫチヤリテイ歌謡の放映を見る

帰国まで二週間余すべきこと多くひと日が飛ぶごとく過ぐ

アレクサンドリアに住む残日の減りくれば寂しき思ひますます募る

斑なる氷塊のなかアリユーシヤン列島の白き山脈の見ゆ

新しき東京事務所に勤めんとワシントンより
今帰国する

やうやくに東京事務所の開設がなりて電車に
通ふわが日々

帰国して梅雨もやう雨親しみて多摩川渡る朝
の電車に

外国より帰りて通ふ車窓より多摩川に沿ふ緑
美し

日曜の朝食卓にミルクテイーの湯気を見てをり楽流れゐて

サンフランシスコⅡ

サンフランシスコに会議を終へて長く歌詠む友に会ふかかる親しさ

サンフランシスコ湾にひととき朱き帯曳きてまぶしき朝日の昇る

執務室

高層のわが執務室ビル間の遠くに紅葉せる
木々の見ゆ
晩秋の日比谷公園朝より曇れど公孫樹の木下
明るし
はやばやと寒波来りて歳晩の通勤電車に朝日
浴びゆく

時を同じく日欧米に記録的大雪の降り歳晩迫る

帰国して東京事務所に勤めつつはや一年も歳晩となる

日米の二つの職務に執きをれば深夜も今朝も国際電話す

郷里篠山

主なき生家に山茶花咲きさかるかつてのわれが親しみしまま

朝霧の深々として篠山の盆地にこむる秋深まりて

五十年経て会ふ中学の同級生顔を確かめ合ふもよろこび

平成二十二年（二〇一〇年）

春分

幾日も喉不快なるままわれはパソコンに向かひ資料まとむる

昼夜なく吹く風強く家ごもる春分の日のややく暮るる

古き職場の集ひにありて己がうつつ諾ふ者また嘆く者あり

幾日もインターネットに頼りつつ講演のためデータ集む

沖縄

大き津波来るとふ警報にとりあへず高き首里城にながく留まる

八トンの黒き海豚が身の丈を超え空中に激しく跳ぬる

万座ビーチの宿より夕日の沈みゆく沖雲の見ゆ冬暖かく

外海に出でしわが船帆を挙げて風にてしまし進む波の間

六十五年前の激しき戦ひの記録の虚し資料館出で

巨大なる鮫泳ぐさま目の当たり美ら海水族館にわれは見てたつ

いづこにもブーゲンビリアの赤き花咲く沖縄の冬の街道

休養をせんと沖縄に遊びしが戻りし後に疲れの続く

生家Ⅰ

母逝きて二年経ちたる生家にて芥焼きをり春のたけつつ

母逝きし二年前のごと古里は赤くまどかに日の沈みゆく

古き生家を守らんとわれ職人に頼りて傷みし諸処を繕ふ

ブダペスト

ドナウ河洪水にして河岸の見えぬまで高き濁流が見ゆ

河岸の屋根近くまで没したる店を浸してドナウは流る

日暮れたるドナウの対岸に連なれる建物の灯が水面に揺るる

対岸のマーチャーシュ教会夕暮れてライトアツプに尖塔浮かぶ

火口湖

暑き夏今日は曇りて上山に向ふ車窓に高山見え来

背後より冷たき風の吹き過ぎて緑の火口湖の皺波寂し

火口湖を囲みて荒き岩肌に淡き日差ははやばや移る

シカゴⅡ・ポトマック河

二年前母の葬りを終へて来しシカゴの宿に今日また泊る

シカゴにて会議のモデレータ務め終へ部屋に戻りてひととき休む

次々に跳橋上がりシカゴ川一隻の舟下りゆきたり

体調のはかばかとせぬ夕まぐれシカゴの街に和食を求む

ポトマック河の波止場に憩ふとき対岸の空夕茜する

午後七時ポトマック河たそがれて鷗しき飛ぶ風を受けつつ

シルバーウイーク

秋分の日の西空に雲出でて暖かき日の暮れゆきはやし

資料室を辞して出づればやや高き夕日に秋の吹く風寂し

かりそめの眠りより覚め窓に見る午後の高空青深みゆく

シルバーウイークといふ連休に果すべき業務
のあれば家籠りゐる

わが執務してゐる室に聞こゆるは時計の音の
み来る人の無く

見廻りて朝行けば呼吸なかりしとぞ白寿に近
き義母逝き給ふ

十年振りに会ひし同窓九人にて四人の子らが
国際婚とぞ

歳晩

帰省して先づ枝葉焚く剪定を人に頼みし生家の庭に

さ庭には土乾きゐてあらかじめ冬に装ふ黄梅の見ゆ

夕かげりしつつ寒気の緩みたる歳晩の休日忙しく過ぐ

歳晩の一日降りつぐ雨の中皇居音なくわが窓に見ゆ

同僚の米国に戻り翌日のオフィス音なくいち日長し

新しきパソコンに係り歳晩の休日早くも夕暮れとなる

はやばやと寒波来りて歳晩の通勤電車に朝日浴びゆく

移転

移転して勤むるビルに通ひ初む地下道出でて冷えをり今朝は

再開発の成りて建ちゐるビルの前移植されたる木々に雨降る

執拗にながびく咳になやみつつ一週間の出張終る

城崎温泉

街川の柳並木のまだ青く揺れて清しき城崎に来つ

青き葉を保てる柳の並木道歳晩の午後淡く日の差す

歳晩の温泉まちに浴衣着て外湯を廻る人ら行きかふ

城崎の柳通りに午後の日のひととき差して外湯を廻る

城崎の滝湯に肩を打たせつつこの一年の過ぎゆき思ふ

歳晩の午後露天湯に浸りをれば背向の山の木々に日の差す

湯につづく山の冬木のひとところ夕日に照りて華やぎて見ゆ

夕食を終へて出づれば街川に宿の光があかあか揺らぐ

暁の雪

大晦日《おほつごもり》の城崎温泉あかつきに遠雷ひびき雪のふるらし

暁に目覚むれば海に遠雷のときをり鳴りて吹雪かんとする

朝餉とる窓より見れば内庭の灯篭に雪のふかぶか積る

湯の街の宿より見れば暁に降り初めし雪たちまち積る

柳の枝が横に流れてふぶきつつ城崎温泉の街明けてくる

雪吊りを備へし街樹に暁の雪しげく降り歳逝かんとす

朝《あさ》明《け》より大《おほ》谿《たに》川《がは》に降る雪は川面に積みて流氷となる

歳晩の列車に乗りて山峡を行けば氷樹に雪降りそそぐ

ふぶくなか高木に止まる鴉らに雪は積みゆく列車に見れば

平成二十三年（二〇一一年）

新年

暁の田山いちめんに霧込めて生家に新しき年を迎ふる

さしあたり会合のなき朝より雪降り出でて家籠りをり

六十歳半ば越えしに勤めゐるわが運命をかつて思はず

メルトダウン

次々のメルトダウンにただならぬ原発事故を悼み日々逝く

福島原発未だ終息無きままに逃避のごとく出国をする

ロンドンの国際会議のレセプション各国の人ら原発憂ふ

欧州は遠きにあれば福島の事故を日本の汚染とぞ見る

ロンドン

夏至近き北極圏を飛びゆけば地平線上日の沈むなし

ハムステッドヒースに六月の高き日がぢりぢりと照る妻と歩めば

丈高き石楠花の木に花満つるケンウッドハウス出で来て見れば

リージエントパークの広き薔薇園に咲き満つる花飽かず見巡る

テームズ河の対岸に見え議事堂の空黄昏れて半月の照る

ロンドンの王立裁判所会堂にてわが晩餐会の夜は更けゆく

ウエストミンスター橋に照りくる夏の日にテームズ河の水面きらめく

規約改正の議案の審議白熱し秋のサンジエゴ会議に持ち越す

パリⅡ・シヤルトル・モンサンミシエル

ロンドンより二時間半の旅にしてユーロスターはパリ北駅に着く

わが部屋に見ゆる夜景にてエッフェル塔いただきにサーチライトの廻る

夜十一時エッフェル塔のライトアップひととき激しき点滅となる

内外に巡礼者団の溢れゐてシャルトル大聖堂に祭事の進む

千メートル超ゆる沖まで干上りて浜より修道院聳ゆるが見ゆ

聳え立つモンサンミシエルの中庭より遠く干上りし白き浜見ゆ

欧州に在れば地震に怯ゆること当然に無く日々はやく過ぐ

室堂

室堂の宿にし見れば立山の左の尾根に日の出でんとす

夏の夕べ霧流れ来て十メートルの雪残りゐる大谷覆ふ

室堂の宿より出でて遊歩道を一人歩めば朝の明け来る

遊歩道につづく雪原の背向なる這松林に雷鳥動く

梅雨あけて朝の日強き黒部ダムの放水に虹のくきやかに立つ

サンジエゴ

羽田より三十七年ぶりにロサンゼルスに向けて発つ会議のために

退役せし空母ミッドウエー博物館となりてサンジエゴ湾にし浮ぶ

ミッドウエー空母博物館の甲板に積まるる戦闘機夕日に光る

ミッドウエー空母の内にて大会のレセプションありわれら集へる

空母ミッドウエーの甲板広くサンジエゴの高きビル群続くごと見ゆ

戦闘機幾種もありて航空母艦の甲板に強く夕風の吹く

朝八時日の昇り来てビルの影霧に映りて霧の霽れゆく

暖かきはずのサンジエゴ雲垂りて寒き一日の暮れゆかんとす

軍港の街サンジエゴの波止場にはヨットクルーザーひしめき泊つる

秋晴の週末なればサンジエゴのシーワールドに一日遊ぶ

巨体なる鯱が尻尾を跳ね上げて水がはげしく
客席に飛ぶ

平成二十四年（二〇一二年）

ジュネーブ

東京は雪降りしとぞ大寒のジュネーブは今雨の降り出づ

国境を越え登り来し展望台レマン湖の見え雨霧動く

温暖化のゆゑかジュネーブの冬の街午後ゆくりなく雨の降り出づ

二十五年前雪積みゐしは幻か雨降るジュネーブの街をわが行く

二両連結のバスの巧みに曲りくるジュネーブの古き市街を行けば

会合のいとま高窓に迫り見えジュラ山脈の雪の輝く

四百年経しジュネーブの館にて晩餐会にわれらの集ふ

雲海を抜けたるところアルプスのやまなみ赤く茜の及ぶ

和田倉濠

幾百の糸にて結ばれゐるごとく年賀状のときの楽しも

二百米のホテルの部屋より丹沢の山やま雪の白く輝く

風寒く吹く三月の和田倉濠歩めば昼の水面明るし

四年経て母の回忌に集ひ来しはらから三人すでに世に無し

ニュージーランド・ワイトモ

小舟にて滴り落つる水の音聞きつつ真暗き洞穴進む

ワイトモの鍾乳洞の闇のなか星空のごと地蛍見ゆ

暗闇の中つち蛍は粘着性の白糸あまた垂れて虫待つ

洞穴を出づれば高き秋の日が峡の緑を明るく照らす

コロマンデル

トラクター箱車に行けば駱駝牛綿羊鴨らあまた寄りくる

快晴の午後の日のもと集会場の前にてマオリの儀式始まる

クレーターのごと一面に熱もてる地熱峡谷に熱泥跳ねる

銀羊歯の大木茂るコロマンデルの山峡かつて金鉱ありき

シンバルを伏せし形のランギトト島に続く水面の白く輝く

六百年前に海底噴火にて生れし島やま木影の深し

クライストチャーチ

震災後一年経つもクライストチャーチ中心街の道路を閉ざす

夕雲の茜する下クライストチャーチビル毀たれしまま一年の過ぐ

クライストチャーチのエイボン川にゆくりなく原爆犠牲者記念樹に遭ふ

クレバス

牛や綿羊終日放牧されてゐる自由の身には幸
ひありや

天高きテカポ湖の碧き水へだて遠く並みゐる
雪山ひかる

はだら雪と荒石の下うす青くクレバス光る氷
河に立てば

ミルフォードサウンド

朝日照る山並のすその牧場に横雲のごと霧のたなびく

瀑風を受けつつ船は滝口に向ひて進むフィヨルド湾に

ミルフォードサウンドの船のかたへにゆくりなく岩場にやすむ海豹の見ゆ

金環蝕

夕茜する空と雲海のあはひなる暗き帯域に満月ひかる

空覆ふ雲流れつつ雲あひに金環蝕の始まらんとす

金環蝕の極まりしとき夕暮れのごとく鴉が森に飛び行く

濃淡のありて雲間に極まりし金環蝕の光る輪の見ゆ

私道にも小さき子等出て極まりし金環蝕に歓声をあぐ

グラウンドゼロ

摩天楼のビルあひに見るエンパイアステートビルに朝日の返る

テロ跡に成りし方形の人工池壁にベールの如滝水流る

無機質の街とし思ふ寂しさの伴ひてゐるローアーマンハッタン

テロ跡のグラウンドゼロ秋の日の遍く照りて訪ふ人多し

平成二十五年（二〇一三年）

坂道

家前の坂道に積む重き雪凍らん前に掻き急ぎをり

その音を家に響かせトラックがチエーンを巻きて坂道下る

しろじろと隣家の屋根に積める雪寒き太陽の光を返す

朝けより重たき雪の降りつづき成人の日のやうやく暮るる

六十九歳の生日の朝通勤の車窓に冬の常磐木親し

隣国の大気汚染の迫りくる地球に住まふ宿命なるか

隕石の燃え尽くるなく地に落つる世紀にひとつの惨事起して

温き日の長くつづかずきさらぎの曇る朝に蠟梅匂ふ

体重を減らさんとして日に二度の食事と定む心許なく

生家Ⅱ

二箇月のすぎて来れば住む人の無き生家にも
春の来向かふ

独りにて泊る生家に夜を通し春の嵐の吹く音
聞こゆ

風強き花粉と黄砂の舞ふ一日眼の痒し頻りに
痒し

連休の過ぎてふたたび帰省する山のさみどりに心足らひて

新緑の山を愛でんと古里に独りし来れば父母はまぼろし

水田にはつかに見えて田植機に依り植ゑられし早苗の浸る

山河には緑いきほひ戻り来し生家に独りときを逝かしむ

三大陸の旅（北米・南米・欧州）

ホワイトハウスに近き舗道に高々と紫木蓮の花の満ち咲く

テロに失せしビル想ひつつ繁々とマンハッタンを機窓に眺む

十余年経て機窓より見るマンハッタンにツインタワーの無きを寂しむ

青き空と碧き海わかち白々とコパカバーナの砂浜続く

ヘリコプターにて近づきゆけば原始林のはてに白き滝すぢの見ゆ

イグアスの大河突然に水面消え白き断層の大滝となる

原始林の小径をゆけばイグアスの滝音が天より響き聞こゆる

暴風雨と紛ふばかりに滝よりのしぶきと轟音がわが体打つ

展望橋にたどり着くわれのよこざまに悪魔の喉笛とふ滝しぶき来る

百年前にマリア出現の奇跡ありて聖地となれるファティマぞここは

ポルトガルの独立守りし記念にて建てられしバターリアの聖堂ゆかし

強き風吹くこと多き大陸の西端ロカ岬に黄の花の咲く

ポルトガルのナザレの海岸に老人が天日にて魚の干物を作る

ポルトガルのいづこの街にもあかき屋根と白壁の家満ちて明るし

オビドスの古き街壁上面の狭き舗道に温き日の差す

リスボンの郊外行けば道の辺に聖母マリアの道祖神立つ

三大陸をまはる旅終へ帰国する機内に安くながなが眠る

山川の川面に皺波ゆるく見え親しく春の夕日を浴ぶる

寝台列車

米原を過ぎにし辺り竹林がみな枯れんとす何の予兆か

寝台列車の旅に覚むれば白鷺の群れ飛ぶ峡を今し過ぎゆく

ゆくりなくあか屋根の寺車窓より見え夏のあさ伯備線行く

六十余の年齢差ある同窓と現役合同の管弦楽ひびく

隣家よりことごとく家財の運ばるる人手に渡る家としならん

測量の立ち合ひ終へて家居する一日したたかに梅雨の雨ふる

杭州

蘇東坡の愛でし西湖の無主の蓮枯れて晩秋の風にそよげる

西湖にて船の出港待ちをれば白き腹みせ魚高く飛ぶ

西湖にて船にしあれば暮れなづむ水面に秋の風吹きわたる

三十三年前に先生の訪ひし跡孤山にわれは遠く訪ひ来つ

後記

本書は、角川書店の21世紀歌人シリーズとして、平成十八年（二〇〇六年）に出版した第一歌集『赤き峡谷』に続く第二歌集である。二十一世紀の一年目である平成十三年（二〇〇一年）（五十七歳）から平成二十五年（二〇一三年）（六十九歳）までの作品の中から「歩道」誌や短歌雑誌に掲載された作品を中心に六百三十四首を選んで収載した。それらは、新しい世紀に入って十三年間の作品であり、歌集名を『新世紀』とした所以である。

第一歌集出版後に多くの作品が溜まりに溜まっていて、それらを纏めて第二、第三歌集の出版を考えるべきところ、業務多忙などを理由に果たせず、現在まで十八年も経ってしまった。今年一月に傘寿を迎え、流石に溜まった作品を纏めて第二歌集、第三歌集など出版を考えなければならないとの思いから、今回はまず第二歌集を出版することとした次第である。続いて近年中に第三歌集の出版を予定したい。

第一歌集の後記に、「短歌というものが如何に奥深いものであり、詠い手の感受を如何にして正しくかつ最大限に読み手に伝え得るか、すなわち作者として受け取った感受を三十一文字に表すことの困難さを思い知った」と書いたとおり、「歩道」に入会後まもなくの頃以来現在までその思いは変ることがない。

本書を纏めて振り返ってみると、平成十三年から二十五年までの十三年間は正に私の人生の激動の時期であったことが短歌による日誌として蘇ってくる。勤めていた昭和電工（株）において、還暦前後の八年間知的財産部長の職責や技監（執行役員）、上級技監（常務執行役員）を経て顧問に就き、平成十九年には米国の知的財産総合法律事務所の創立者のオブロン氏に招かれて同事務所に入所して、六十三歳で渡米するなど、国内外で業務多忙の日々の連続であった。また、同法律事務所に所属しつつ、外部団体として日本ライセンス協会やその世界上部団体であるThe Licensing Executives Society International（LESI）の幾つかの役職に就き、同事務所や国内外での業務多忙の生活は今も続いている。

作歌は継続することが重要との先師佐藤佐太郎先生の教えを支えとして、私は、国内外でのこれらの日々における体験を短歌として記述してきたに過ぎない。本書に収載した作品の大半が外国における体験をもとにしたものであることが本書の特徴ともいえよう。本書は、第一歌集から歌境の進展もなく何とも貧弱な内容であり、世に出して読んでいただくようなものではないかも知れない。しかし、私にとっては熟年人生の大切な記録であり、貴重な一期一会の体験を短詩形として記し止めることができたことが何よりも嬉しい。本書を読んでいただく方にとって仮に一首でも共感をもって読んでいただける歌があれば、本書への最高の賜物といえることであり、感謝に堪えない。

　終わりに、懇切にご指導賜った、故佐藤佐太郎先生、故佐藤志満先生に心から感謝申し上げたい。更に、佐太郎先生、志満先生亡きあと歩道短歌会を主宰し献身的に歩道の発展に尽力してこられた秋葉四郎先生には、とりわけ親身になって私を励まし、ご指導いただいていることに深く感謝申し上げる。更にまた、歩道短歌会の多くの諸先輩、歌友の皆様のご指導・ご厚誼にも感謝する。

　そして、本書の刊行にあたっていろいろとご尽力いただいた角川文化振興財団出版事業部長の石川一郎様と同部『短歌』編集長の北田智広様、同部吉田光宏様、装幀の倉本修様にも厚く御礼申し上げる。

　また、昭和六十一年に他界した父と平成二十年に他界した母、そして結婚以来五十五年間日々の二十四時間を支えてくれた妻にも最大の感謝をもってこの書を捧げ、そして全うに成人してそれぞれ家庭を持っている三人の子にも感謝しつつこの書を捧げたい。

令和六年一月二十五日

波　克彦

著者略歴

筆名　波《なみ》　克彦《かつひこ》（本名・波々伯部《ほほかべ》 自克《よりかつ》）

出生　昭和 19 年 1 月　兵庫県（現）丹波篠山市生。

経歴　昭和 37 年兵庫県立篠山鳳鳴高等学校卒業、昭和 41 年東京工業大学卒業、昭和 46 年同大学大学院博士課程修了。工学博士。

昭和 46 年昭和電工（株）入社。研究所、本社勤務、米国メリーランド大学客員研究員、昭和電工（株）上級技監（常務執行役員）・知的財産部長を経て平成 18 年～ 19 年同社顧問。平成 19 年 10 月～現在、米国 Oblon, McClelland, Maier & Neustadt L.L.P.（オブロン外国法事務弁護士事務所）シニア・アドバイザー。CLP（Certified Licensing Professional）。外部団体活動：日本ライセンス協会理事。以降は元役職。（財）日本特許情報機構評議員、（財）工業所有権協力センター理事、（社）日本経済団体連合会知的財産委員会委員、日本知的財産協会常務理事・監事。山形大学工学部運営諮問会議委員、（独）理化学研究所社会知創成事業アドバイザリー・カウンシル委員長、日本ライセンス協会副会長、The Licensing Executives Society International（LESI）化学・エネルギー・環境委員会共同委員長、LESI 会員委員会共同委員長等。

歌歴　昭和 53 年歩道短歌会入会。佐藤佐太郎に師事。「歩道」同人、昭和 59 年～「歩道」編集委員、令和 3 年～現在、「歩道」編集人。平成 18 年第一歌集『赤き峡谷』刊行。平成 8 年「短歌現代」第 9 回歌人賞佳作。平成 12 年「歩道賞」受賞。平成 20 年「歩道賞」受賞。現代歌人協会会員。令和 4 年～現在、常総市長塚節文学賞（短歌部門）審査員。

現住所　〒 223-0062　神奈川県横浜市港北区日吉本町 6-32-8
波々伯部方

歌集　新世紀《しんせいき》

歩道叢書

初版発行　2024年3月14日

著　者　波　克彦
発行者　石川一郎
発　行　公益財団法人　角川文化振興財団
〒359-0023　埼玉県所沢市東所沢和田 3-31-3
ところざわサクラタウン　角川武蔵野ミュージアム
電話 050-1742-0634
https://www.kadokawa-zaidan.or.jp/
発　売　株式会社　KADOKAWA
〒102-8177　東京都千代田区富士見 2-13-3
電話 0570-002-301（ナビダイヤル）
https://www.kadokawa.co.jp/
印刷製本　中央精版印刷株式会社

落丁・乱丁本はご面倒でも下記 KADOKAWA 購入窓口にご連絡下さい。
送料は小社負担でお取り替えいたします。古書店で購入したものについては、お取り替えできません。
電話 0570-002-008（土日祝日を除く 10時～13時 / 14時～17時）
 ISBN978-4-04-884583-0 C0092